心 の 愛

素敵なハートランド

（改装版）

倉岡　正明

JN063049

「心の愛」
「人類が、長年蓄積して来たストレスを解消する本」

はじめに

　私は、ごく平凡な普通の男だ。いや、何度もドロップアウトしているから、実際のところ、自分は普通以下だと思っている。

　私は、大学へ行って専門の勉学を学んだ経験もなく、学生時代も頭は良い方ではなかった。

　現在は、絵を描いたりして細々と暮らしているのが現実だ。おまけに、ここ三十年程病気がちである。

　二十歳のときに、お付き合いしていた彼女も居たが、発病してから、彼女も出来ず、いまだに独身である。

　今は、友達もいるし、結構幸せだし、何よりも、自分の内側でいつも幸せを感じているので、何の不満もなかったりする。

　私は決して大した人間ではないが、こんな平凡な人間だからこそ、一般的なことが書ける気がする。

　自分の内面を掘り下げる事が、多くの人にとって、普遍的に通じる要素になると思っています。

　自分が、思い、感じ、経験したことが、少しでも、皆さんのお役に立てたらと思ったことが、この本を書き始めたきっかけです。

　それでは、最後まで読んで頂けたら幸いです。

目　次

はじめに……………………………………………………………4

第一章　現代の世界で　日本で……………………………6
第二章　心から見た　世の中……………………………13
第三章　心から見た　精神世界…………………………21
第四章　瞑想の世界………………………………………28
第五章　創造脳と天国……………………………………33
第六章　神とは　この世の意味は………………………36
第七章　死について………………………………………39
第八章　まとめ……………………………………………44
第九章　瞑想のやり方……………………………………48

詩集…………………………………………………………49

第一章　現代の世界で　日本で

「今の世の中は」と言われる方がおられるが、この社会さえ、原始の頃から今日まで、数多くの人達の、時には命さえ掛けて築き上げた、血と涙の結晶の世界であることを、忘れないでいたい。

　世界中の酸素の供給の25％が大洋に住む植物プランクトンから、そしてアマゾンのジャングルから全体の3分の1の酸素が供給されている。

　将来、これまで以上にグローバル化が進んで、仮に、世界中が先進国化してしまったら、つまらなくなってしまう。いろいろな国があるから面白いのに。世界中同じような国になってしまったら、外国旅行の魅力も半減してしまう。それより、人の方が自由に移動して、先進国や発展途上国であろうと、自由に移り住めた方が良いと思う。
　グローバル化のもう一つのキーワードは、いずれ石油が無くなると言うことである。後70年で石油が無くなると言われている。「後100年から200年もつ」と言う説もあるが。グローバル化で、世界に自動車とテレビが行き渡り、自動車は僻地であればあるほど必要だし、テレビは世界中で必要な情報を同時に知ることが出来る様になる為に必要である。後は、好きなだけ勉強が出来る学校と、食料が世界中に行き渡ること

が出来れば、グローバル化の最終地点となる。

　基本的には、色んな国の人達が、自分の国の気候風土に合った家に住み、現地の服を着て、その地域に合った文化を奨励し、その地域で取れた食材を食して、その地域の価値基準に合った仕事をして、生活していけば良いと思います。将来、石油をめぐってのバカげた戦争が起こらないことを祈っています。

　この世の中、殆どのものに違いがあって、同じであるものは、本当にわずかである。私たちは違いを見出すプロになってしまっている。「あの人と私はここが違っている」とか、もう延々やっている。同じであることの重要性はあまり語られないが、同じであることに気付く事が、平和に通じる安らかな道なのに。

　日本の食糧自給率は39％である。日本人が、毎日捨てている食べ物の量は、年間で1900万トンである。この1900万トンとは、年間の食糧援助の約3倍になる。これは、年間で一人当たり830杯分のお茶碗の量に当たる。日本人は、毎日一人の人が、お茶碗約2〜3杯分の食糧を捨てている事になる。

　日本には、新聞を配達してくれる制度があって、大いに助かる。新聞は、誰にでも簡単に手に取る事が出来るので、とても庶民的である。また、子供の活字離れを防ぐ為にも、

子供向けの新聞を発行すれば良い。新聞配達と郵便配達が融合し合えたらと、何時も思う。人手の節約にもなるし、何より、早朝から手紙が届けられたら結構嬉しいものだし、より生活が便利になって行く。

　人間は、この社会の中に生まれてくる訳だが、社会の方が、あなたの行動範囲よりも、認識している範囲よりも、大きいのだから、法律も社会のルールも、守る義務がある。
　あなたは、世間の中に生まれて来たのだから、あなたの好き勝手にしたければ、自分の国を自らで造るか、無人島で暮らす以外には方法はない。
　自由とは、ルールがあってこそ初めて成立するものだ。それこそルールが無くなれば、世の中がメチャクチャになってしまうだろう。ルールが無ければ、自由も無いのである。
　ただ、この世の中に居ながらにして、自分の思い通りに自分の好きに出来る、真に自由な場所がある。
　それは、あなたの心の世界に存在する。

　その昔、アフリカで、一人の黒人の男性が、ある白人の男性に質問をした。
「文明社会とか言って、次々と機械化して行っているが、いったい何の為に、そんなことをやっているんだい」と。
　すると白人の男性はこう答えた。
「機械化が進んで行けば、便利になって、ゆくゆくは、休みたい時に休んで、働きたい時にだけ働くと言う様な社会

を実現する為さ」と。

　すると黒人の男性はこう言った。

「もうやっている」と。

　テレビをもっと面白くする為に、国民一人ずつお金を出し合って、子供からお年寄りまで、誰でも何方でも出演出来る放送局を造れば良いと思う。一人持ち時間15分位与えて、自由に好きな様にその時間を使えばいい。仕事の話でも良いし、特技を披露しても良いし、趣味の話でも良いし、世の中に対する不満でも良いし、恋人募集してますでも良いし、最近感じたこと、気づいたこととか、もう無限にある。その中から、アイドルも生まれるだろうし、人気者も出るだろうし、皆に夢を与える事は間違いない。但し、個人に対する悪口と、攻撃だけは禁止である。勿論、ギャラは出ない。24時間放送して、ゴールデンタイムには、良かった人、人気の高かった人の総集編を流せば良い。民営の国民放送なので、出来るだけ、皆が平等にうまく廻る様にすれば良いと思う。視聴率の関係のない番組であるが、けっこう数字が取れるかも知れない。

　ただシンプルに考えると、地球と言う限られた自然の土地に対して、人間の数が優ってしまっただけである。

　ただそれだけの事である。世界の人口が仮に10人だけだったら、資源は永久に使い続けられたし、食糧も自然が賄ってくれたし、co2を出し続けても問題も起こらないし、

9

ゴミを捨てまくっても自然が勝手に掃除してくれる。

　学者や専門家が、自然に対して人間の占める割合が何％を越えたら地球のシステムが機能しなくなるか、計算出来た筈なのに。もう越えてしまった後から、我々は色んな事を強いられているのが現実だ。

　日本は、海外に対して様々な援助や支援を行っている。

　経済支援や食糧援助等、災害が起これば援助もするし、救助活動も行う。紛争が起これば自衛隊を派遣する。

　支援や援助を受けた国の人達は、日本国に対しては、感謝したりお礼を言ったりしてくれる。だが、それらのお金は、我々一人ひとりが払っている税金から支払われている。

　海外の人たちが、私たちに直接会って、一人ひとりに対してお礼を言ってもらうことは不可能だが、私たち一人ひとりが、「私は海外に貢献しているんだ」と言う誇りを持って、もっと胸を張って生きても良いと思う。テレビなどで募金活動などの番組があるが、もうすでに私たちはやっているのだ。スーパーやコンビニでお菓子を買っている小さな子供ですら、消費税と言う形で海外に貢献している。

　日本人が全員参加出来て、共通の意識で一つの目的を持つものは「何時か自分は死ぬ」と言う事である。そこで、日本人が一年一度、死を意識する時間を設ける日を決めれば良い。例えば夜の9時に時間を決めて、その時間の15分前位に「9時に自分はもう死ぬんだ」と覚悟を決める。人間

は、死を受け入れることが大切である。心の中で、家族に
さよならを言って、感謝すべき人に感謝して、この世にさ
よならする。生を一度リセットするのは大切なことである。
日本人全員が、次の日から生まれ変われる可能性がある。
この時間には、日本の総てのシステムが停止する。電気も
止まるし、交通機関も停止する。これは将来の為の大いな
る実験ともなるし、意識の変化にも繋がる。

　仮に、もし人類最後の日が分かったとしたら、もし自然
の驚異に曝されたとしたら、もし食糧が底を付き始めたと
したら、そして、もし滅亡する時が事前に予測出来たとし
たら、その事前から子供を生まなければ良いのだ。そうす
れば、人類が被る被害を最小限で食い止める事が出来る。
地球最後の日とかになったら、より一層免れることが出来
るだろう。地球最後の日に遭遇する事は、皆無であると言っ
て良い。
　もし宇宙人が存在したとしたら、彼らが関心を持ってい
るのは、彼らが興味を持っていることは、科学文明でも未
来兵器でもなくて、どうすれば幸せになれるか。そして死
後はどうなるのかと言うことだ。何故なら、彼らも生きて
いるし、そして、彼らもいつか死ぬのだから。

　国に対しては、税金を納めないといけないと言うシステ
ムがあるのだが、地球に対しては、税金を納めると言うシ
ステムは今のところまだない。地球に対する税金とは、植

樹だったり花を植えたり、川や海をきれいにすることだったりする。

　今の世界に、機械としてのタイムマシーンはまだ無い。しかし、そんなものが無くても、地球上には過去が沢山残っている。遺跡や文化。

　原始のころの生活を今でもされている部族なども未だおられる。過去に行きたければ、世界中を旅行すればよい。未来の方はと言えば、もうすでに、今がそうなのかもしれない。

　子どもの頃夢見ていた、壁掛けテレビ、携帯電話、リニアモーターカー、空飛ぶ車、宇宙ステーション。ある意味、今が未来そのものではないのでしょうか。果たして、人は、どこまでをよしとするのでしょうか。ひとりひとりの人達が、考え方を切り替えないといけない時期が、もうそこまで来ているのではないでしょうか。これから新しい時代が始まる。真に人が幸せを獲得する時代が。

第二章　心から見た　世の中

　原始の時代から、人は道具を使い始めた。これまで随分沢山の発明がされ、使われて来た。道具によって、今日の社会が築き上げられて来た。人はもう、道具なしには生きていけなくなってしまった。でも原始の時代には、もう一つの選択肢があった。それは、未知の壮大な心の領域に踏み込んで探求するということだ。人類は、幾度も心の領域に挑んで来たが、確かなものは得られなかった。そこで、誰もが理解出来る道具の方が進化して来た。

　この世に、完璧な人など存在しない。
　人には誰でも長所と短所がある。人は誰しも短所や欠点を持ち合わせている。それが悩みや苦しみの元になってしまう。誰もがその闇に捕まってしまう。しかし、その闇を振り払ったり、消し去ることはできない。
　ただ、もし闇に捕まってしまったら、逃れる方法は、闇から脱出する方法は、「もし闇の中にいて、闇の底に自分が居たとしたら、たとえほんのわずかでも、光を探しだすこと。光を見つけること」。その光とは、あなたの【長所】だ。あなたの【良いところ】。あなたの【良い部分】である。あなたを救い出してくれるのは、実はあなた自身の光に他ならないのだ。
　言葉によるいじめとは、相手の欠点（短所）を指摘することだ。いじめられるとは、他人に自分の欠点（短所）を

指摘されることだ。もしいじめに遭って、悩んでいる人がいたら、その人の良いところ（長所）を、褒めてあげることに依って、はじめてその人は立ち直ることができる。

インドのマハトマ・ガンジーが、過去の歴史全部を調べ直したことがある。そこで初めて分かった事は、「これまで、過去に一度として、『愛と真実』が敗北したことがない」と言うことである。「邪悪な者」は必ず滅び去っていると。

人の自分への評価や批判はあてにならない。何故なら、殆どの場合は、その人の勝手な思い込みで評価するのだから。

前に、オーストラリアの女性の方が話されていたのは、「日本人は、自分の顔や人の顔を、異常なほど意識している」と。「そして人の顔の話題ばかり揚げ立てている」と。

人間対人間の喧嘩よりも、自分の体と喧嘩（体を鍛えたり、スポーツしたり）している方がカッコ良い。また、自然と喧嘩（お百姓さんや漁師や登山家やパイロット等）している男はもっとカッコ良い。

この社会で、いわゆる成功を収めている人には、一つの法則がある。大企業の社長でもスポーツ選手でも、成功している人は「謙虚で前向き」であると言うこと。謙虚であるからこそ、いろんな知識やいろんな考え方やいろんな情

報を、直に受け入れることが、吸収することが出来る。そして、前向きだからこそ、自分の人生を切り開いて行くことが出来る。自分で慢心したり、自分が諦めてしまった時点で、進化も成長もストップしてしまう。

マリナーズのイチロー選手が、記録を伸ばし続けられるのも、彼が謙虚で前向きだからだ。彼自身が「自分で自分のことを凄いと思ったことは、未だに一度としてない」と話していた。

この世の中は、人によって、一人ひとりの人間によって、築き上げられている。その母体は人間関係にある。生きていたら、いろんな人に出会うものだ。中には、いやな人もいたりして、時には人を憎むこともある。でも人を憎む原因の殆どが、相手が理解していない（分かっていない）。または、相手が理解してくれない（分かってくれない）と言うことだと思う。でも相手側も、同じことを思っているとしたらどうだろうか。だから、人間関係には寛大さと寛容さが大切だと思う。あなたが誰かを憎んだとしても、相手側の方は、別に何とも思ってはいない。だから、ある意味、憎しみ＝被害者である。とにかく、この人生で、人が信じられなくなったり、人のことを憎んで生きることは、最大の悲劇である。この人生が暗闇になってしまう。誰でも、人のイヤな部分を見たら、どんな人でも落ち込んでしまうので、出来るだけ、どんな人にでも、その人の良い処に眼を向ける習慣を身に付けよう。結局、相手の良い処を信じ

ることで、自分も救われるし、相手も救われる。最近、与える愛と受け取る愛の関係を持つことに失敗して、人間不信に陥っている人も増えている。この世の中の不協和音は、一人一人の、個人の不協和音が根本にある。

「優しい人」の定義は、本当に優しくだけする人だと思われてしまっている感がする。ちょっと怒っただけで「キツイ人」と引かれてしまうことがある。人の為に、相手の為に「悪人」をあえて演じているだけなのに。理解してくれない人がいる。悪人の振りをマジで取られるのは辛い。「優しい人だと思ってたのに」は男としては辛すぎる。男だったら、悪役を演じないといけない場面も度々訪れることを理解してもらいたい。24時間良い人は息苦しいだけで、女性にとっても、逆に負担になってしまうだけなのに。

　昔の日本では、異性を意識する為か、役割分担の為か、男は男らしく、女は女らしく育てられて、実際にその様に振る舞って来た。今では男性も家事をするし、女性も社会で働く様になって、役割を共有する様になった。意識までも共有している。子供はと言うと、役割を分担する家庭でも役割を共有する家庭でも、どちらの家庭でも子供は確りと育つ。選択権は夫婦側にある。

「私の子供が」とか、「私の息子が」とか、「私の娘が」とかおっしゃられている方。残念ながら、「私の」じゃないん

です。ある意味全くの個人なんです。意志を持った一人の人間。心の中にはっきりとした個人が存在しています。子供が心から話す時は、認めてあげることが大切です。「うちの子に限って」と言っている親ほど、一人の個人として認めていなかったから、裏切られたのだと思う。

極論だが、学校の試験で一教科でも100点取ったなら、後は全部0点でも叱らないで下さい。全教科65点の子供より、将来役に立つ人になります。なぜなら将来の仕事を一つだけ選ぶとしたら、100点の子は東大生とも渡り合えるから。これは十分に有り得る話だと思う。

記憶——自分が身を持って体験したことは、ほぼ一生覚えている。心の琴線に触れたことはよく覚えている。役に立つ考えは覚えている。興味を持ったことは思い出すことが出来る。覚えないといけないと無理に覚えたことは忘れてしまう。学校でもうまく教えて、記憶に残る授業を心掛けて欲しい。また、人は、悪かった記憶は無意識で自分の記憶から消していっている。

出来れば、小学生の間に、コミュニケーションの基本が身に付く様に、子供同士で一対一で向き合って、お互いの意志が通い合うことを、コミュニケーションを通して覚えてもらったら良い。今まで苦手にしていた人と仲よくなれたり、男の子と女の子が、照れくさくて話せなかった子が、

話せる様になったり、これを言ったら相手が傷つくとか、こう言われたら嬉しいとか、身を持って体験することが大切だ。まだ自我を意識しはじめたころに、人との垣根を作らない為にも、必要だと思う。人間関係がスムーズにいけば、一生が真に素晴らしいものになる。

　人は選択する権利を持っている。ものごとをありのままに見るのか、ものごとを分析するのか。心で見る場合はありのままに見ること。自然を感じるのに分析はいらない。そしてこの世の中は頭で分析すること。考えは星の数ほどあって、考えは間違えることもある。心は正直で、嘘をつかないので頼りになる。発見には喜びを感じるが（子供の頃は新しい発見の連続で、毎日が新鮮で、それ自体がもう幸せでした）、発見に分析はいらない。幸せとは、感じるものであって、考えるものではない。テレビの弱点は、新しい場所に行っても、既に知っている景色を見ても、喜びは半減してしまうと言うことになる。

　心には重さがある。心が軽い時には、何をやっても楽しいし疲れない。心が重い時には、すぐに疲れる。また、心が安定していると、良い考えが生まれる。このシステムを理解している人は、社会でも成功者となる。人間の基本は、（心が楽しかったら、何をやっても楽しい）である。

　子供は、しつこいほど何でも質問し、何にでも興味を示

す。親は大変だが、これは社会に溶け込もうとする子供の素晴らしい姿勢である。子供は、先入観や早合点がなく、真に話を聞くことが出来る。子供に一声かけられる大人の存在は大きい。子供が、社会に対して信頼を持ったり、安心を感じたり出来る為にも。

僕の祖母が、昔教えてくれた。「頭は冷やして、心は温めて」と。頭は冷静にして、心は温かくと言うことである。僕は滝業でもないが、熱いお風呂に入った後で、頭だけ冷水を浴びている。何か反省したいことがある人にはお勧めだ。夏の間は特に気持ちが良い。

男のストレス解消法は、カラオケで発散するのが良いそうだ。女性の場合は、良い香りを嗅ぎながらリラックスするのが良いらしい。

この世の中によって人間の内側に造り出された心の乾きには、この世の中が対応出来るが、人間が本質的に持っている心の乾きには、この世の中では対応しきれない。

心は脳にある。感情は外部からの刺激によって生まれる。感情が思考を呼び覚ます。そしてその結果、心が生じる。心や直感イメージなどを、理論的に表現する。これが言葉で話すと言うことである。

10コ悪いことがあったら、20コ良いことをすれば、悪い10コは消える。

　人は、自分の鏡にもなる。

　人類の生存目的は、とどのつまり、情報を得ると言う事になるかも知れない。

　この世界は、話すことでしか、人と人は繋がりえない。

　愛が自分の中にあると気付けた人は、幸せである。

　自分の為に生きるより、人の為に生きる方が、実は簡単である。

　海外と繋がるのに、経済より文化。文化より言葉。言葉より心が早い。

　あなたのその一言が、その行動が、人類にとっての大いなる飛躍となりうるかも知れない。

　何時の時代にも、その時代の核となる考えや思想が存在して来た。道徳や仏教などがあるが、今ではどれも通用しなくなって来た。そこで、心そのものが核になり、指針になればと、僕は思っている。

第三章　心から見た　精神世界

　あるマスターが、こう言っている。「あなたは、あなたの、喜びの父親になりなさい」。それから、「あなたは、あなたの、喜びの母親でいなさい」と。そして、「あなたは、あなたの、すべてになりなさい」と。
「あなたは、あなたの内側に埋もれているあなた自身を、あなたの友としなさい」「その友情は、永久に続くでしょう」と。そして、「その内側にいる友に、あなた方は気づいていないが、彼の方は、あなたに気づいてもらおうと、何時も内側からノックし続けている」と話されている。

　断定はしてしまわない方が良いが、人間が進化して行く過程としては、まず、最初は自分のことを中心に生きれば良い。自分の事で精一杯の時は、心に余裕のない時は、人間関係も、逆にギクシャクしてしまいがちである。
　その次の進化は、自分と他人の垣根を取り除いていくこと。どんな人でも、結局同じ人間同士であると言う悟りを得る事。どんな人であっても、良い処は学ぶ事が出来るし、悪い処は落ち込ませるし、悩ませられてしまうが、不幸を知ることによって、誰とでも付き合える様になっていくし、人に対して優しくもなれる。不幸は、人を大きくするし、成長させてくれる。そして人間関係に悩んだ方が、考えることも増えるが、そこから学び取ることが、人を大きく成

長させる。そして自分のことよりも、人の為に、人に何かしてあげる事の方が、得る喜びは大きく倍増する。「助けは人の為ならず」の言葉の意味は、相手の自立を妨げると言う意味ではなくて、結局は自分自身に返ってくる、と言うのが真の意味である。

　そして最後は、社会の為に、何でも良いから、自分がこの人生から得たものを、社会に還元していくこと。お金に余裕の無い人は寄付など出来ないが、ある程度の年齢になると、多少なりとも余裕が出来る。地位と名誉は、社会に貢献して初めて得ることが出来る。たとえ身近であろうと、地域でも自治会でも、人生から得たもので社会に貢献すると言うこと。これが、若い世代の人の良い見本となり、若い世代への贈り物となる。

　もう一つの人の進化は、まず体（若い時は体力があり余っている）。スポーツや趣味に発揮される。恋も見た目（体）が大事である。その次は、心と愛を求める恋愛に、結婚、子供を生み、そして育てていく。そしてその次の進化は、安らぎと精神性。旅行をしたり、本を読んだり、自分独自の学びの世界。そして最後には、穏やかさと感謝の生活。

　ただし、人間の進化はこの順番通りとは限らない。何故なら、どの段階でも必ず「喜び」があるのだから。後も、先も、上も、下もないのである。総ての段階が認められるべきである。

　仏像に向かって、手を合わせるポーズ。

「拝むときのポーズ」も、魂に集中出来て良い。

　何かをお唱えするのも、集中すればノーマインドとなる。

　人間は一度考え始め出すと、死ぬまで止まらなくなってしまう、可能性の塊である。何処かでリセットする必要がある。考えだけが自分の総てになってしまうと、人間が本来持っている能力が、ほとんど発揮出来なくなってしまう。寝ている時ですら、レム睡眠とノンレム睡眠とがある。「ぼー」とするのとはまた違う。一度思考を完全に止めないと、自分が本来自由な心の持ち主であると言うことですら忘れてしまう。

　私たちは、手を合わせて先祖を拝む。亡くなった方を拝むのは良いことである。これは誰にも内緒であるが、本当は彼らの方が、私たち生きている人間の方を、「ガンバレガンバレ」と応援してくれているのだ。生きている人間は、幸せを掴める可能性で満ち溢れている。彼ら人生を終えた人達には、何ももう出来ない。私たちが挫けそうになると、自分の先祖代々全員が、実は、あの世からあなたのことを励まし、応援し続けてくれているのである。彼らは、もうすでに幸せになっている。何の心配もいらない。

　大事なのは生きている方である。あなたの人生は、たとえ100年であってもたかが知れている。あなたが死んだら、彼らのもとで永遠に一緒になるのだから。先祖の心配はいらない。

人は肉体の体と心の体と、二つの体を持っている。
　心の体が病気になると、精神の病気になる。

　時間とは、脳内にある。過去とは脳の記憶である。

　人が六十歳を超えると、十歳の子供の二・五倍のスピードで時間が過ぎて行く。

　この宇宙を構成する比率は、ダーク・エネルギーが七十％。ダーク・マターが二十％。原子はわずか五％。
　現在の科学では、ダーク・エネルギーもダーク・マターも未知の物質である。見ることも触れることも出来ない。

　脳がゾーンに入ると、集中力が高まる。
　何億のニューロンが活動し、脳波を作りだす。
　ゾーンには二つの波がある。アルファー波（瞑想の様な集中力）、シーター波（リラックス状態、低い周波数）。
　アーチェリーなどのスポーツで、ゾーンに入ると的に当たる確率があがる。

　愚痴を言う人は、結局自分をいじめていることになる。
　愚痴が言えるのは恵まれているから。

　ただシンプルに見て、同じ人間としてこの世に生まれてきて、周りの環境や人間関係で不幸になってしまった人が、

犯罪を犯しやすいです。幸せな人は前を向いて生きているが、不幸な人にはそれが出来ない。不幸な人の行き先は、悪いことをしたら、宗教では地獄に行かないといけないことになっているが、不幸な人は何時救われるのか。反対に、不幸な人ほど、天国に行って救われないといけないのではないかと思います。

　天国と地獄の教えは、遠い昔、当時の道徳であり、警察の代わりとなっていたのかもしれない。
　ただ人は、あまり苦労が続くと、誰でも鬼になってしまうかもしれません。

　あの世には、地獄は無いと思われるが、残念ながら地獄は、人の心の中に存在しています。

　この世の中で、幽霊に取りつかれた人や幽霊に呪われてる人が、あなたの周りに一人でもおられるでしょうか。僕もそんな人に出会ったことはないです。誰も出会ったことがない、と言うのが本当の所です。「怖い」とは、ただの妄想に過ぎません。恐怖とは、ただのガラクタで、何の意味もありません。恐怖とは、幸せの邪魔しかしません。それより、人間の心の方にこそ問題があるように思います。
　僕から見たら、ホラー映画はあまりおすすめ出来ません。実際に幽霊が見えるとか、霊気が近づいて来ると言って、精神の病に掛かっていると言う方を何人か知っています。

恐怖は、人を病気にすらしてしまいます。

　人の顔は、もともとその人を認識する為のものであったが、テレビが出来てから、人の顔は分別される対象になってしまった。

　物理学者で、「この宇宙は重層宇宙で、宇宙が二つ存在している」と話されている方もおられる。

　あの世は、この宇宙と同じ様に、無限大の広さを持つ世界である。当然、地獄もあるだろうし天国もあるだろう。でもそんなものはごく一部で、ありとあらゆる世界が無限に広がっている。

　結局、人類にとって究極の問題は、快、不快の現象と、セクト「縄張り意識」の問題である。

　身体を元気にするには、食べ物よりも笑うことのほうが元気が出るそうだ。
　心からの笑いは、悟っている状態と同じである。

　ブラックホールのワームホールの向こう側にホワイトホールがあって、その向こう側には光の世界があるのかも知れない。ワームホールとは、時空と時空を結ぶトンネルのことだ。人が亡くなると、トンネルを通ってあの世に、「光の

世界」に行くのかも知れない。

　人は一生で十万語を理解し、
　人は一生で千七百人と知り合い、
　人は一生で千冊以上の本を読む。
　人は一生で二十年から三十年位の時間眠っている。
　人は一生に十四万六千キロ位歩く。地球三周半位の距離だ。
　人が一生に食べる食事の回数は約九万回だ。

第四章　瞑想の世界

　僕が初めて解脱した時のこと。いつもの様に瞑想をしていたら、十五分程たった時、何かは解らないが何かが解ったと思った。そうしたら、何も可笑しくないのに突然笑い出した。十分位笑いが止まらなかった。それからまた瞑想を続けると、蜂の巣のような、花びらのようなものが見えた。赤色と、黄色と、青色の三色だった。このような。

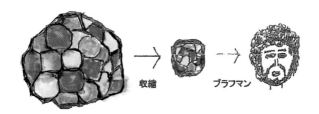

収縮　　ブラフマン

　しばらく見ていたら、中央に収縮していって、それが人の顔になって現われた。白人で、ボブ・ディランの様な顔をしていた。僕のまったく知らない人だ。暫くこっちをじっと見ていた。ブラフマン（梵天）だ。インドではアートマン（心）とブラフマン（宇宙）とは、同じものだと言う説が昔からある。後で宇宙の図鑑で調べたら、僕の見たハチの巣や花びらみたいなものと宇宙の形が、全く同じ形をしていた。
　僕はビックリしてしまって、瞑想を止めて、下で寝ていたおばあちゃんを起こして、「人が出てきた」と話した。今思えばもったいないことをしてしまった。

　解脱とは、総ての束縛からの解放であった。真の自由が体感できた。その時、死とはこんなにも素敵なことなんだと悟ることができた。解脱は、何時誰に起こるかは解らない。でも、瞑想がきっかけになる。人のパワーの源。その場所が魂です。右脳と魂とはリンクしあっています。右脳を使う時は、右脳の考えを一時的に止めないといけません。眼を閉じて、思考をストップすれば、色んなビジョンが見えてきます。そのビジョンは、時空を超えて何処までも広がっています。宇宙のビジョンには、他の生命体、いわゆる宇宙人の姿は見つかりませんでした。宇宙人も、人間が創り出したイメージか、人類の進化した姿だと思われます。

　睡眠には、レム睡眠「脳が休んでいる睡眠」と、ノンレム睡眠「夢を見ている睡眠」があります。瞑想とは、左脳が停止した状態で、右脳によってビジョンを見ている状態です。
　想像力は、思考を停止して初めて働きます。

　幸せは、思考「頭脳」を進化させて行って、逆に心は、原点「童心」に戻っていく程、幸せを感じるようになります。

　人間の右脳、創造脳は、人間の頭の三分の一位の規模を占めています。人間の脳のバランス的にも、異常に大きく造られ過ぎています。これは右脳が重要な役目を担っているからに他なりません。ある時僕は、解脱（意識が体を伴わない状態）を体験した時に、本当の自由を知りました。

ある時僕は、夜空を見上げていました。「宇宙は何で真っ暗なんだろう」と、僕は思いました。そして、「宇宙は何で有限じゃなくて無限なんだろう」と、僕は思いました。

そして、ある日いつものように瞑想していたら、「あ〜分かった」と。やっと答えが出ました。「人間に、創造しろ」と言うことだったのです。【無限に自由に、何の規制もなしに】。ここまでは誰でも理解出来ます。僕が気づいたのは、「創造主がこの世界を造られた」と言う方も居られますが、一人一人の人間全員が、創造主そのものだと気づきました。創造脳は、イメージの世界なのです。自分のイメージを、この地球上で造ったり、芸術の様に表現することも出来ます。この世の中で、創造脳が実際に役にたっている、使われているのは、たったのこの程度です。この世の現実だけに対応するのでは、創造脳自体は小さくてもかまわないはずです。創造脳はあの世でも使えるのです。あの世にも対応しているのです。この世では、イメージを映像化したり、本にしたりして、私たちは楽しんでいます。フィルムも紙もＤＶＤデッキも要りますが、四次元の世界では、イメージを表現するのに道具が要りません。人間はこの世で見てきたもの、想像して来たものを、あの世で具現化出来るのです。

それから、映像と心は、リンクしあいます。人が眠っている時に見る夢も、映像と心がリンクしあっています。自分が一番幸せだった時を思い出す時にも、その時の情景を思い出すことで、初めて蘇ります。人なら、誰でも好きなタイプの顔があり、自分好みの体があり、理想の性格があ

ります。具現化？　皆が子供のころに夢見た未来都市は、もう実現不可能です。今のこの現実の世界では、実現不可能なことの方が多いような気がします。でも、何一つも制限のない世界では、総てが表現可能です。創造主に不可能なことは、何ひとつとしてありません。

　僕が瞑想をしてる時、もう創造すら必要ありません。「海」と思ったら、もう一瞬で海のビジョンが目前に広がります。何の努力も要りません。

　僕は、人が創造主なら、違う次元なら、自分の好きなイメージが具現化出来ると思っています。そして、いろんな人のいろんな想像から創造された世界で、決して飽きることなく、永遠に遊び続けることが出来たら、素晴らしいと思っています。ただ残念ながら、それを確認することが出来る唯一の方法は、今のところ皆さんには申し訳ないが、実際に死んでから後と言うところが、情けないところです。人は、如何に解脱しようが幽体離脱しようが、四次元の世界に行くことは不可能です。解脱は、四次元の扉が開いて、あの世の人と会うことが可能ですが、そこ迄で、それ以上向こうの世界に踏み込むことは決して出来ません。臨死体験で死を体験しても、暗いトンネルの中を通って、その先にある三途の川まで行けます。ただ三途の川を渡ると、死んで、もうこの世界に戻ってこれません。
　僕は、この世で夢は叶うものだと信じています。それか

ら、天国も進化しないといけないと思っています。天国に
ディズニーランドがあってもおかしくないと思います。
　人間の創造しうるものの全てが、具現化しうると思って
います。

　僕は、瞑想中に、生前の意識が甦ったことがあります。
絶対の安心と平和。無痛、無風の世界。今まで生きてきた
人生など、一瞬のように感じられました。そこは光の世界
でした。温かくて幸せなところでした。

　人の眉と眉の間の少し上の処に、つぼがあります。仏像
にもポッチが付いています。これが第三の眼と呼ばれてい
るところです。
　眼を閉じて、ここに意識を集中すれば、薄っすらと光が
見えます。また、この第三の眼の場所が、あの世とコンタ
クトがとれる唯一の場所です。

　人の大脳は、左脳が言語中枢で、算術的で、コンピュー
ター的です。右脳は直感的で、幾何学的で、空間的な、い
わゆる創造脳です。
　右脳を使うには、左脳の動きを一旦止めて、無になるこ
とです。いわゆる瞑想状態です。
　右脳でイメージすれば、脳の中でイメージが映像化され
ます。制限なしに、何でも映像化出来ます。

第五章　創造脳と天国

　創造脳が天国に適応していると言うのが、僕の発想である。そもそもの切っ掛けになったのは、まだ僕が若かったころ、瞑想中に天国のビジョンが見えて来たのだが、それが、広い空間の中に無数の仏像やギリシャ彫刻の様な像がひしめきあっている風景であった。僕はその時、「これの何処が天国なんだろう」と思った。おそらく、世界中の人達が像を崇拝して来た結果、天国のイメージもこの程度だったのだろうと思った。それに、人々の天国のイメージとは、御馳走を食べて、昼寝をして、生殖行為をして、その繰り返しの世界が天国だと思っている人が殆どである。あるマスターは、「ウサギの日常生活は、餌を食べて、昼寝をして、生殖行為をする。天国と言っても、ウサギの日常生活と何の変わりもないではないか？」と話されている。

　創造脳がなくても、人は何不自由なく生きていくことが出来る。と言うか使い道が殆どないし、使われてもいない。この世界では左脳だけで十分生きていける。でも、人の脳の三分の一は創造脳である。

　人は、この目で見てきたこの世界や映画や漫画や物語を、イメージ化出来る能力を持っている。また、美しい景色など好きな空間をイメージすることも出来る。人間のこの見

ると言う能力は、創造脳と深い関係にある。それに、この目で見るもの、映像は、人の心とも深い関係にある。

　この世界では何を造るのも材料がいる。その材料の総て、全部を自然が賄っている。では天国ではどうだろうか？　自然があって？　物もあるのだろうか？　道具もあるのか？そもそも天国は人間の想像を遥かに超えた世界である。この世界「三次元」の自然も、人間の肉体に合うように構築されている。天国ではおそらく、人のイメージが世界を構成する。天国ではそのイメージが、この世界「三次元」にある自然の代わりとなる。

　僕はこの本で、この世界を三次元、あの世を四次元（空間の三次元に時間の一次元加えた次元のこと）と書いているが、本当のところは正直分からない。この宇宙は十一次元であると言う学者もいるし、また重力を説明するには、この宇宙の中に付加次元「多次元」の場所が存在しないと、量子物理学的に説明が付かないそうだ。スウェーデンのスエデンボルグは「この世とあの世は、一枚のコインの表と裏の様なものだ」と言っている。
　では何故、死後の世界が四次元と僕は言っているのか？時間はビッグバンから始まって、この宇宙が消滅する時まで続く。また、人は老いて行くので、時間と言う概念が生まれた。
　でもあの世では、三次元的な宇宙もないし、肉体もない。

時間の観念は必要ではないのである。それは即ち永遠と言うことになる。それから空間のほうが、光の世界では距離を超越する。何故なら肉体がないからである。光の世界では光速が基本である。会いたいと思った人が、一瞬で眼の前に現れたりもする。行きたい空間にも瞬間移動できる。今の科学では、五次元は意思伝達や情報伝達が瞬間で伝わる世界だそうだ。

　つまり、瞬間に気持ちが伝わる空間であるが、僕もあの世がそんな世界であると確信している。四次元とか五次元とか、まるでアニメみたいだが、人間が想像しうることの総てにちゃんとした根拠があるような気がする。実際に、科学の方でもこれらのことが証明されつつある。

　人はこの地上で、這いつくばりながら何とか生きている。夢さえ持てなくなりながら、しかし、セミですら地中に七年間も住んでいる。セミにとっては地中こそが日常生活であり、生活環境である。しかし、やがては大空に向かって羽ばたいていく。人も、セミのように自由に大空を羽ばたいて行く日が、死を境にやってくると、僕は信じている。

第六章　神とは　この世の意味は

　人は身体があるからこそ、体験すると言うことが出来る。あの世では肉体はないが、幸せと夢を叶える場所だ。この世とあの世の両方で人間は完成される。

　この宇宙の始まりは、暗黒物質の空間に、何故か針の先ほどの穴が空いて、三次元の空間に、四次元の光がもれたものである。これがビッグバンである。今の科学では、ビッグバンから〇・二五秒後まで解っている。その時点では、宇宙はプラズマ状態で、大きさは一ミリよりも小さかった。最近では、エネルギーが物質に変化したことが解った。

　本当の奇跡とは、不幸な人が幸せになること。幸せな人がより幸せになること。

　瞑想すると、体内にビタミンが生成する。
　僕も、一週間瞑想し続けたこともある。

　初期の天国は、何一つ存在せず、ただ光だけの世界であった。原始のころ、人が初めて魂を宿した頃から、亡くなった人が天国に入所して、初めて天国が始まった。
　色々な人達が色んなイメージをして、天国に様々なものが造られて、広まって行った。
　無用なもの、必要のないものは、自然淘汰されて消えて

いった。

　あの世での会話は、心と心、ハートとハートで話される。
　あの世では、光の生命が、暖かくやさしく、幸福な光を天国中に放っている。優しい風が吹き、素敵な音楽も流れているし、甘露の泉もある。それらは、地上では宗教として扱われる。
　宗教の本分は、あの世からのお裾分けである。皆、願いを叶えようとするが、願いはもう叶っている。人の目標は、幸せになることである。

　昔のインドの詩人に、カビールと言う人がおられた。美しい詩を沢山残されている。
「中空の竹の中心に、火の鳥がいる」「火の鳥は、虚空に巣をさだめ、いつも中空に住んでいる」これは、ハート以外に何も無い状態のことである。
「千枚の花びらに、梵天が座っている」これは、僕も解脱した時に同じ体験をしている。
「人は、自分を変えることに余念がないが、そのままで良い。ただ皆、そのままが分からない。ただそのままで良いのに、そのままが分からない」
「一滴の水が、大海に飲み込まれた」神に包まれた状態のことだ。
「私は真実を見出した。禅定に心をとどめて、身体を忘却した時、私の苦悩は消え去って、安息を見出した」

「私が空水に浴したとき、喜びで一杯になった」空水とは、頭頂から甘露水を浴びることである。

　カビールは、地にも天にも根を張ったマスターでもある。

第七章　死について

　最後の審判も、全てこの世の中で発生し、もうこの世の中で審判され、人間同士が関係しあうことで、既に解決されている。神様も無分別の存在である。罪悪感など、ただの概念に過ぎない物など、この世からの持ち出しは禁止である。

　命は永遠である。死とは、体が死ぬと言うよりも呼吸が止まってしまうことである。

　魂は、人が亡くなったらその役目は終わりとなる。人が生きていくのを助けることが、魂の役割だからである。

　では、死んだ後と言うのは、あなたの意識が、光の世界へと帰っていくのである。

　暗いトンネルの中を通って（少しも怖くはない）、光がさして来て、光の世界へ戻っていくのである。地獄などは無い。ただ、残念だが、人の心の中にだけ地獄は存在してしまう。

　この世界は、自然と言う神のエネルギーから成り立っている。人間も自然の一部である。天理教の教えのように、この身体は神様からのプレゼントで、借り物であると言うことが出来る。それに私達は、呼吸と言う神様の力で生きている。ある意味、私達は生かされていると言うこともできる。人は、純粋になればなるほど、身体は落ちていく。

だんだんと身体を意識しなくなる。でもあなたは、紛れもなくあなたの自力で生きている。この人生を歩いていくのは、あなた自身である。

お釈迦様が残された言葉に、「善なるものを傷付けた者は、十回落ちて、地獄で目覚める」と言われている。

人は、純粋に真っ直ぐ生きればそれだけで良い。真理に近づく一番の方法である。

この世の中では、自然の中から資源や道具を調達して来て、家を建てたり、自動車を造ったり、食料を作ったりしている。この世界では、道具を使って何でも造る。あの世では、人のイメージが元となって、道具となって、世界を造る。

ヒンズー教では、充分修行を積んだ後、最後に森の奥へと入って行って解脱することが、最終目的となる。

真言密教は何故密教かと言うと、光と言う存在がお釈迦様より上位の存在なので、お釈迦様より偉い存在が居てはまずいので、密教と言うことになった。

何故、仏教がヨーロッパの人に受け入れられなかったかと言うと、無と言う概念が受け入れられなかったからで、

無と言う何も無い状態に恐怖を感じたからである。何も無いのは恐ろしい、と言うことらしい。

　精神科医の見解では、うつ病の人と統合失調症の急性期の人は、瞑想はしない方が良いと言うことらしい。

　人は、色んなことを体験し、それをお土産としてあの世に持っていったら、それを元にして、あの世でも宗教化して、あの世にも宗教が存在しているかも知れない。

　人間が右脳（創造脳）を有している意味は、この世で実現出来なかった幸せのイメージを、あの世で実現出来ると言うことである。一人一人の人間こそが、創造主そのものであると言うことである。天国も進化しないといけない。四次元の世界が光の世界であるなら、三次元の宇宙が闇の世界なのは、自由に創造せよと言うことである。宇宙は無限なので、創造するのに何の制限もない。人が目を有しているのは、見たものを全て具現化出来ると言う事である。自然の風景でも未来都市でも、何でも好きな空間をイメージ化することが出来る。

　創造主に不可能はない。三次元では、心と映像はリンクしあっている。人が眠りについて見る夢も、心と映像は共鳴しあっている。心の状態によって、脳の記憶を呼び起こすこともある。悪夢は忘れるようにすること。

僕らは生まれてくるときに、神様が一人にひとつずつ、体の中に幸せの種を入れてくれています。
　その種を成長させて行くのが、人生です。
　寒い時は温めて、乾いた時は水をあげて、時々ぴかぴかに磨いて、成長させて行けば、花が開いて、幸せが開花します。

　心に栄養をあげて、ハートのフィーリングを大切にして、自分自身のハートを抱きしめて、愛を感じて、それも胸のポケットに大切に直して生きて行けば、悩みや苦しみは逃げてゆきます。

　人生とは結局、集中力が大事で、何にどれだけ集中したかで、人生が決まって行きます。

　インドでは、宇宙と心は同じであると言う説が一般的だが、人間の脳内の神経を繋いでいるシナプスと、宇宙の銀河の数が同じであると言うのは、はたして偶然だろうか？

　物理学者のホーキンス博士のテレビを見ていたら、最後に「一人一人の人間が、創造主かも知れない」と話されて、「世界一の天才が僕と同じことを言っておられる」と自信になりました。「あの方と同じ考えなら間違いない」と思い、2500年間続いてきた「天国と地獄だけ」と言う幼稚な考え

を、これで一新出来ると思いました。あの世は天国と地獄だけと言う考えから一歩前進できたので、良かったと思っています。

　生命の意味とは、たった一つの存在の分散化と個性化である。何かの拍子に、偶発的に次元の壁を突破して来たのだろうと思われる。

　神。宗教で言う神と言う存在を求めてあちこち探し回ったが、一度も遭遇していない。
　今まで殆ど気付かれなかったが、人が幸せになれるように完璧なシステムを、神様が既に創ってくれている。
　後は、人間の方が頑張るだけである。

第八章　まとめ

　生きることの意味は何か？　それは、何か決まった、絶対的なものがある訳ではなく、一人一人が思い思いに自分で考えて、自分で決めて、作って行くことなのです。その領域は全くの自由です。動物の中でも、人間だけが意識を持っています。ただ、自分の意志で生きて行けば、意味も見つかります。生きる意味は、人それぞれ千差万別です。その意味には、神ですら口出しは出来ないです。

　妄想とは何か？　過去の、達成できなかった不満の塊です。あと、集中力が無くなると妄想が出てきます。また、ストレスを感じると妄想が出てきます。妄想は、疲れを癒してる優れものでもあります。人は弱いものだから、妄想が必要です。

　人生とは、結局集中力で、何にどれだけ集中したかで、人生が決まっていきます。

　インドでは、心と宇宙は同じものと言う教えがあります。実際、人の脳内の神経をつないでいるシナプスと、宇宙の銀河の数が同じであるのは、不思議なことです。

　インドには、世界最古の仏典があります。一番大事なのは、

サッサン「心から話す」、サービス「人の為に何かを行う」、そして瞑想。この三つが一番大事なことと書かれています。

　二〇二〇年八月二日に、僕の母親が亡くなりましたが、その二日後に、母親からのメッセージで、「あれ、正明君の言っていた通りらしいわ」と、わざわざ教えに来てくれました。

　イメージが具現化出来るのだと言うことなのだと思います。

　いろいろ書いて来ましたが、残念ながら、全ての真実は、亡くなってみないと分からないと言うことです。

　今、宗教は飽和状態にあり、混迷期に入っています。数千年前の教えから進化して来ましたが、末法からか、原点から離れてしまっては、輝きを失ってしまいます。もう一度、原点に帰る必要があります。宗教の原点は、苦悩と向き合うことにあります。そして、幸せにも向き合って、本当の幸せになることです。不幸な人は幸せに、幸せな人はより幸せになることです。

　本来、幸せは無料でないといけません。生まれてくるのも、呼吸をするのも、無料だからです。皆さんが幸せになることを、心より願っています。僕も、幸せのバイブレーションを、他の人のハートに送れるようになりました。

　では、最後まで読んで頂いてありがとうございました。感謝申し上げます。

二〇〇七年七月二〇日　倉岡正明

第九章　瞑想のやり方

　まず、部屋の灯りを消して、椅子かソファーに座って、眼を閉じてリラックスして、体の中を流れている自分の呼吸に集中して、呼吸を愛のフィーリングにして、魂のスイッチをオンにして、魂が温かくなったら、その愛を感じて下さい。フィーリングが難しかったら、自分の人生で一番幸せだったことを思い出して下さい。魂が愛を感じたら、より深く入って行って下さい。ひとは、一度に一つのことにしか集中出来ません。呼吸に集中したら、頭「考え」が無になります。これが、いわゆる無になると言うことです。

　上級者になったら、呼吸を「ソバァ」と吸って、身体の中を降りて行って、こんどは「ハー」と吐いて下さい。あくまでも自然体で、フィーリングを感じて下さい。

　この瞑想方は、般若心経にも書かれてます。一度挑戦してみて下さいませ。

作画：佐藤 朋

これから

悲し涙も　枯れ果てて
悔し涙も　もう忘れて
嬉し涙も　流さなくなって

でも泣きたい
思い切り　泣いてみたい
今日までのことが　総て消える程に

長い間　笑っていない
思いっきり　笑ってみたい
過去が　全部　吹き飛ぶ位に
我を忘れて　笑ってみたい

僕は　のろまなカメ

僕は　のろまな　カメ
幾ら　歩いても　目的地に　辿り着かない
周りの 景色も 楽しむ　余裕もない
ただ　歯を食いしばって　歩いて行くだけ
道端で　応援してくれる人達も居る
ありがとう　と　お礼を　言って
また　歩き始める
いつか　緑の池に　辿り着くまで

ボブ　マリーは、二回見たよ

あの日行った、コンサート。もう覚えていない
あの頃は、ファンで、毎日聴いていた。
でも、もう覚えていない。時々頭の中に、
うっすらメロディーが、流れてくる。でも、もう
覚えていない。遠い昔の音楽。楽しかった
思い出。かすかに、覚えている。
夢を、下さって、ありがとう。遠い昔の
音楽家達。大好きだったよ。

みんな美しい

僕は鳥のように　美しく歌うことが　出来ない
でも鳥よりも　沢山の歌を　知っている
僕は花のように　美しくない
けれど　花よりも　深い愛を知っている
僕は　犬のように　早く走れない
でも　犬には乗れない　自転車に　乗れる
一人　一人　皆違った　取り柄を　持っている
自然には　美しい秩序の　リズムが　流れている
そんな中で　自分には　親から貰った個性がある
僕が　僕でなかったら　私が私でなかったら
神様が　僕と云う　個性を　この世に　送り出してくれた
人は　僕のダメなところも　認めてくれる
自分らしさは　自分を生きること
自分を　大切に　生きる人が　美しい人に　なれる

皆の命は　僕の命

もし僕が　あの人の家に　生まれていたら
きっとあの人になっていた　ことでしょう

あの人も　この人も　皆　自分のかわりに
この人生を　歩いてくれている

少し話せば　その人の人生が　見えて来る
他人だけれど　他人じゃない

人との　係わりあいは　なんと素晴らしい
ことなんでしょう

みんな　まーるく

この世界の　僕の知らない所で
僕の　知らない人達が　僕の知らないものを
売っている
今僕が　食べているものも　どこかの国の
誰かが　作ったものだ
そして　僕の体は　胃や腸からではなく
沢山の　動物や魚や植物から　出来ている

僕の体は　小さな地球だ
僕の体の中に　沢山の生き物達が　住んでいる
僕が　死んだら　彼らも悲しい
僕が　幸せなら　彼らも　満足だ
みんな　一緒に生きている
総ては　まーるく　繋がりあっている

ドラえもん

もし　ドラえもんが　本当にいたら　どうする
と　小学生の女の子達に　尋ねたら
六割の女の子が　ドラえもんの　能力は
使わない　と答えた　そうだ

僕に出来ることは　コツコツ　毎日　生きること
それと　今　幸せでいること

魔法なんて　どこにもない
もし　あるとしたら
不幸な人が　幸せになること
奇跡なんて　どこにもない
もし　起こるとしたら
不幸な人が　幸せになること

自分自身が総て
自分自身を　抱きしめて生きる人は　幸せな人
大切なのは　今が　満たされていること

縁

縁は自然の一部
縁はこの世で一番強い力
僕らは縁があって
この世に生まれてきた
出会うのも縁
別れも　縁が薄くて
何処で出会うも縁
偶然　出会うも縁
愛も　縁から生まれる
縁は　好き嫌いすら
超える力
絆より　強い力
人と人を　引き寄せあう力
人と人を　繋げる力
それが　縁

呼吸

自分から　余計なものを　削ぎ落とすと云うこと
本来の　健全な精神に　戻すと云うこと
自分を　元通りの体に　戻すと云うこと
この世の真実に　近づくと云うこと
そこには　喜びや　純粋な愛がある
傷ついた自分を　癒してくれる　場所
自分の総てを削ぎ落としたら　呼吸だけが残る
自分が　赤ん坊だった頃は　呼吸だけが存在した
自分を　呼吸に任せて　自分を　呼吸に委ねよう
その心地よい場所が　自分が本来いるべき所
争いや　トラブルのない所
愛や　平和が　そこにある
この上ない至福と　心の静寂が存在する
呼吸は　自分を　充電してくれる
そうしたら　また　新たな一歩が　踏み出せる

評価とは

もし　こうだったなら
もっと　こうだったなら
もしかしたら　こうできたはず
もし何何　だったなら
が　人生を　つまらなくする

自分の経験が　宝物
経験が　自分への評価ともなる

将来　幸せになるのではなく
今　生きている奇跡を　感じたい
自分自身に　目を向けなければ
自分の　評価は　ないに等しい
明日の夢より　今幸せでいたい
幸せこそが　自分への評価となる

人とは

自分の弱さを　心得ている人が　強い男
普段は　何も知らない振りを　している人が
賢い人
えらぶらず　謙虚な人が　偉い人
普段は　だらしなくても　いざとなったら
全力を出して　立ち向かうのが　男らしい人
相手の欠点を　指摘しないで　相手の　長所を
褒める人が優しい人
良い人とは相手に　気を使える人のこと

時間

明日なら出来る
でも明日になれば
また今日になる
だから　明日は
一向に　やってこない
いつもが今の連続だ
宇宙は　今と云う　この瞬間に
時間がセットされている
いつも　今が　スタート地点
今が良ければ　総て良し
死の　瞬間も　幸せならば
総て良し

愛とは

愛は静けさの中にある
賑やかさの中ではない
愛はシンプルさの中にある
複雑さの中ではない
自分の心を　浄化していくと
純粋になれる
失われていた　あのトキメキが
蘇ってくる
そして　愛は待ち望むものではなく
こちらから　与えるもの

生き方

不足を言えば　不足が寄ってくる
人の悪口を　言えば　何処かで
自分が悪口を　言われている
嘘をつく人は　他の人も嘘を
つくと　思っている
正直な人には　人が寄って来る
お金があっても　お金がなくても
純粋に生きる
偉くなくても　正しく生きる

感情って何

感情って　何で　皆　持っているのだろう
それは心を育てる為

怒りは心が傷ついたよー
暗くなったよー
と　言う心の叫び
怒りは心を守ってくれるのです

涙は　悲しい涙は
心のショックを　和らげて
くれているのです

悔し涙は　傷ついた心を
癒してくれて　いるのです

嬉し涙は　心を浄化してくれるのです

神の為に流す涙は　自分の罪を
清めてくれます

笑いは　心を輝かせてくれるのです

皆　心の為にあるのです

それらがあるから
感情は　心を豊かに
してくれるのです

神の戯れ

人は多くのことに　心を使い
休むことを　知らない
あまりに　多くのことに　心を使い
エネルギーを消耗してしまう
ただ心に　振り回される毎日

自分の内側に　意識を向けると
内側の　静かな呼吸に　身を委ねると
そこには　安らぎと　静けさが　ある
自分のハートを　抱きしめると
ハートが　息を　吹き返す
そこには　本当の愛がある
安らかなフィーリングが　流れるように
自分の　フィーリングと　ひとつになると
そこには　永遠がある
そこで　真の自分に　出会う
マインドが　溶けると　愛となる
この人生は　神の戯れ

人生はシンプル

僕が今　誰かを憎めば
未来の僕も　誰かを憎んでいる
僕が今　誰かを愛したら
未来の僕は　愛する人になっている
今の僕が　未来を　生きる

今持っている　重い荷物を　全部降ろして
嫌なことは　背負うことなく　過去へ流して

ネガティブな人は　ネガティブに生きてしまう
幸せを　掴むのは　何時も　ポジティブな人

綺麗な　朝日が　見えたなら
綺麗な　夕日も　やって来る

自分の中の　輝く自分を　見つけよう

この世界は自分の鏡

この世界は、自分が見ている世界。
自分が動けば、世界も動く。
自分が止まれば、世界も止まる。
自分が変われば、世界も変わる。
この世界は、自分を映し出した世界。
自分が不幸だったら、この世界も最悪に見えてしまう。
そして、自分の考え一つで、この世界も変わっていく。
心が楽しければ、この世界も楽しい世界となる。
この世界は、自分の鏡である。
窓は開いているし、ドアも開かれている。
自分の考えや心模様が、この世界に反映される。
例え、人のピンチを、容易く助けることが出来ても、自分
のピンチを自分で助けることは、非常に困難である。
良くないことは、連鎖反応するので、どんどん自分を苦し
めてしまう。
楽しいこと、面白いこと、嬉しいことを友として、生きて
いこう。そうすれば、不幸を寄せ付けなくなれる。

自分の愛を、微笑みを、抱きしめて。
世界が、微笑み出すように。

自分の長所を、灯りとして。
世界が、輝き出すように。

あなたの愛で、世界が愛で満たされる。

あなたの夢が、叶ったら、世界が祝福してくれる。

自分が、自分の総てになった時、世界はあなたと、調和する。

そうすれば、真にあなたとこの世界が、一体となる。

僕らは創造主

僕らは　傷付いて　生きて来た
叶わない　夢を　描きながら
僕らは　悩み続けて来た
是が人生だと　言い聞かせて
夜には　真っ暗な空がある
空に向かって　想像しよう
無限の宇宙が　空にある
制限なしに　思い切って

僕らの向こうは
夢が具現化する世界
僕らは創造主

どうして眼が　あるのだろう
人を　分別する為か
美しい　自然の風景がある
想像脳は　とても大きい
いつか　夢が叶う日が来る
この世界の　向こう側で
あの世では　イメージが材料
どんな物でも　造れる世界

僕らの向こうは

夢が現実になる世界
僕らは創造主

ここでは　叶わなかった夢がある
僕らは創造主
次の世界で　総てが叶う
僕らは　創造主
神様　この人生を　ありがとう

明日を信じて

傷ついた心が　もっと傷ついて
もっともっと　傷ついて
でも　かすかな光が　見えたなら
ほんの微かな光でいい
自分の長所を　信じて
その光で　歩いていけば
例え　闇の中に　いようとも
小さな心が　微笑んでいる

あなたは種
空に向かって　伸びていけば
いつか　花を咲かせる

僕らの　人生は　苦行みたい
いつも　自分と　戦っている
でも　何かの意味が　加われば
苦行も　修行となる
苦悩の中から　悟りも出てくる
例え　小さな　一歩でも
自ら　悟った　答えなの

あなたは種
空に向かって　伸びていけば

何時か　花を咲かせる

下を向かずに　上を見て
ただ上だけを見て　生きていく
あなたが　見上げたその空の

先には　どこまでも　果てしなく
ただ　天国が　広がっているのだから

著者プロフィール

倉岡 正明（くらおか まさあき）
昭和三十四年十二月二十一日生
厳格で厳しい父と、愛情深い優しい
母の元で育つ。
大阪府立　松原高校卒
後藤株式会社
紀伊國屋書店
倉岡書店経営
奈良県立図書情報館
ＮＰＯボランティア
現在ＣＤのジャケットやカレンダー等の絵画を描いています

二十歳の時に、コリン・ウィルソンの至高体験という概念に出会う。
二十二歳の時に、昭和の名僧、玄峯老師の最後の弟子、玄徹の元で
修行する。
ゲシュタルト心理療法の講習を受ける。
インドのバグワン・シュリ・ラジネーシーに傾倒する。
日本ベーダンダ協会の内垣日親に師事する。
二十三歳の時に、インドのマハラジの弟子になる。
二十四歳の時、解脱を体験する。
二十六歳の時、仕事のやりすぎで、精神病に掛かる。
二十七歳の時、四階から飛び降り自殺をするが、奇跡的に助かる。
瞑想を続けて、四十六歳で悟りに至る。
四十七歳で、心の愛を書き上げる。
現在、奈良在住。

心の愛

素敵なハートランド（改装版）

2022年11月30日　初　版第1刷発行
2023年12月19日　改装版第1刷発行

著　者　倉岡正明
発行者　谷村勇輔
発行所　ブイツーソリューション
　　　　〒466-0848 名古屋市昭和区長戸町4-40
　　　　TEL：052-799-7391 / FAX：052-799-7984
発売元　星雲社（共同出版社・流通責任出版社）
　　　　〒112-0005 東京都文京区水道1-3-30
　　　　TEL：03-3868-3275 / FAX：03-3868-6588
印刷所　藤原印刷